We are always... 3

Ayu Fujimiya

♣ Sommaire ♣

♡ We are always 3

Résumé du tome précédent

• Amis d'enfance, Nori, Saeka et Kyo mènent une vie tranquille dans une petite ville tout ce qu'il y a de plus ordinaire. Mais voilà que Haruna, qui y séjourna quelque temps lorsqu'ils étaient enfants, emménage de nouveau chez son oncle, le voisin de Nori.

• Saeka sort enfin avec son professeur de calligraphie dont elle est amoureuse depuis toujours. Et c'est évidemment à ce moment-là que Kyosuke commence à se poser des questions sur ses sentiments envers elle. Bien que Haruna soit amoureux de Nori, Tomona l'oblige à sortir avec elle, connaissant son secret. Ne sachant pas que ses sentiments sont réciproques, Nori commence à penser qu'elle aimerait bien avoir un petit ami elle aussi...

• Un jour, Kyosuke tombe sur Haruna et Tomona dans la rue. C'est alors que Nori et Saeka arrivent !

Pour plus de détails, lire le tome ① et ② de ♥ *We are always*

Achetez-les, ils sont en vente !

We are always... 3
Chapitre 12 Love noise

J'AI FINI !
SAEKA, CINQ ANS
MAMAN !
TAP TAP
EXCUSE-MOI, SAEKA, JE TE CONFIE LA MAISON
REGARDE MAMAN, J'AI...
TU ES UNE GRANDE FILLE MAINTENANT, JE PEUX COMPTER SUR TOI, N'EST-CE PAS ?
We are always..

OUI...
JE NE RENTRERAI PAS TARD
MES PARENTS ÉTAIENT TRÈS OCCUPÉS
BADAM
TAC
NOUS VENIONS D'EMMÉNA-GER DANS CETTE VILLE...
ET ÉTANT FILLE UNIQUE, JE ME SENTAIS SEULE
BADA-BOUM
FRRRT
FRRRT
TAC
TAC
HOP

JOUE À PROTÉGER LA PLANÈTE
J'AI SAUVÉ NOTRE PLANÈTE !
NE T'INQUIÈTE PAS ! J'AI RÉGLÉ LEUR SORT AUX MARTIENS !
C... C'EST GENTIL À TOI...
EUH, TU ES DANS MON JARDIN...
BAH ! C'EST LA MOINDRE DES CHOSES !
NORI ACCUEILLIT LA FILLE TIMIDE...
JE...
N'AVAIS JAMAIS EU D'AMIS AVANT NORI
PRINCESSE ?!
JE L'AI...
TOUJOURS ENVIÉE
QUE J'ÉTAIS...
LE PLUS SIMPLEMENT DU MONDE

NORI ET...
KYO...
...
...

ELLE POUVAIT...
RIRE À GORGE DÉPLOYÉE, SE METTRE EN COLÈRE OU PLEURER TOUT SON SOÛL
ELLE ÉTAIT SPONTANÉE...
ET N'AVAIT PAS PEUR DE SE MONTRER TELLE QU'ELLE ÉTAIT
AUTANT DE CHOSES QUE J'ENVIAIS CHEZ ELLE
AH, LA VOILÀ
SAEKA...
C'EST LE BLUES DE LA SORTIE DE LA POUBELLE ?!
AH, DÉSOLÉE, TU DISAIS ?
EUH, EN FAIT...

EN PASSANT DEVANT LE BÂTIMENT EST, PRÈS DE L'ENTRÉE...
ON A VU UNE PAIRE DE CHAUSSONS AVEC TON NOM, CE NE SERAIT PAS LES TIENS ?
...
C'EST IMPOSSIBLE, NON ?
TU AS VU DANS QUEL ÉTAT ILS ÉTAIENT
C'EST CLAIR
JE NE SAIS PAS MAIS JE VAIS ALLER VOIR ÇA DE PLUS PRÈS
OUI...

APRÈS MES CHAUSSURES, MES CHAUSSONS...
ELLES COMPTENT CONTINUER ENCORE LONGTEMPS ?
COMME TU SAIS...
ON SORT ENSEMBLE ELLE ET MOI ALORS...
KYO...
EST VRAIMENT UN IDIOT !
CETTE KAORI...
NE S'INTÉRESSE À LUI QUE PARCE QUE LEUR RELATION LUI PERMET DE SE VANTER AUPRÈS DES GENS
JE N'APPELLERAIS PAS ÇA UNE RELATION
EN PLUS, C'EST SEULEMENT PHYSIQUE ENTRE EUX
ÇA M'ÉNERVE DE PLUS EN PLUS

IL FAUT CROIRE QUE JE SUIS TOUJOURS HORS DE MOI
KYO, T'ES-TU SEULEMENT RENDU COMPTE...
QUE QUAND ON A PARLÉ TOI ET MOI...
TU NE M'AS PAS REGARDÉE UNE SEULE FOIS ?!
KYOSUKE !

TU AS SACRÉMENT GRANDI DIS DONC DEPUIS LA DERNIÈRE FOIS
BONJOUR, GRAND-MÈRE
LAISSE-MOI TE PRÉSENTER SAEKA
BONJOUR
BONJOUR
SE REGARDENT EN CHIENS DE FAÏENCE
TU HONORES TA FAMILLE, KYOSUKE, QUELLE POLITESSE
ET TU N'ES PAS EN RESTE, SAEKA
C'EST UNE COMPÉTITION ?!

TU T'EN MOQUES, PAS VRAI ?
DE QUOI ?
DE NE PAS INCARNER LA PETITE FILLE MODÈLE ?
POURQUOI DIS-TU ÇA ?!
EN MÊME TEMPS, TU N'AS PAS LA PRESSION AUTANT QUE MOI
JE SUIS CENSÉ SUCCÉDER À MON PÈRE, JE N'AI PAS LE CHOIX
C'ÉTAIT DÉJÀ DÉCIDÉ À MA NAISSANCE

LES GENS M'APPELLENT...
LE PRINCE PALADIN SOLITAIRE
OUAH !
SAEKA, NOUS ALLONS Y ALLER
J'ARRIVE !
KYOSUKE, J'ESPÈRE QUE LA PROCHAINE FOIS TU RÉSERVERAS ENCORE UN ACCUEIL AUSSI CHALEUREUX À SAEKA !
OUI

KYO EST TROP MIGNON, TU NE TROUVES PAS ?
HEIN ?
TU... TU L'AIMES ?!
OUI, JE L'AIME... ♡
OUAH ! JE L'AI DIT ! JE L'AI DIT !
TU NE DOIS SURTOUT PAS LE DIRE À QUI QUE CE SOIT !
C'EST UN SECRET, D'ACCORD ?
HÉ HÉ
HÉ HÉ ♡
KYO EST MON...
PRINCE PALADIN ! ♡
NORI A EMPLOYÉ LA MÊME EXPRESSION QUE LUI !
ET ELLE SEMBLE Y CROIRE !

SI SEULEMENT ON POUVAIT SE MARIER PLUS TARD LUI ET MOI !
OUI...
ELLE ÉTAIT BEL ET BIEN...
AMOUREUSE...
BAM
ALORS ? QUE DIRIEZ-VOUS DE FINIR VOTRE VIE ENSEMBLE ?
PLUTÔT MOURIR

JE NE VEUX PAS D'UN IDIOT PAREIL
EN PLUS, SI ÇA DEVAIT ARRIVER...
NORI...
SERAIT...
ON PEUT Y ALLER, SAEKA ?
...
OUI, J'EN AI POUR UNE MINUTE
J'AI TOUJOURS PENSÉ QUE...
CE SERAIT SUPER SI ÇA POUVAIT MARCHER...

ENTRE NORI...
ET KYO UNE FOIS QUE CE DERNIER AURAIT GRANDI ET SERAIT UN ADULTE
MAIS...
MON REFUS DE L'ÉPOUSER UN JOUR ET MA PRISE DE POIDS NE SERVIRENT À RIEN
KYO N'AVAIT JAMAIS RIEN COMPRIS
SAEKA, KYOSUKE M'A DEMANDÉ DE TE REMETTRE ÇA
APPAREMMENT, IL AVAIT OUBLIÉ DE TE LE RENDRE
HEIN ?!
JE LUI AVAIS DONNÉ EN MÊME TEMPS QUE LES PHOTOCOPIES POUR RATTRAPER LES COURS...
POURQUOI IL NE L'A PAS FAIT LUI-MÊME ?
IL A DIT QU'IL ÉTAIT PRESSÉ
MERCI, MIKI
PAS DE QUOI
OUI, C'ÉTAIT UN SOMBRE IDIOT

JE N'ARRIVAIS PAS À CROIRE QU'IL M'ÉVITAIT DÉLIBÉRÉMENT !
APPAREM-MENT, IL EST DÉJÀ PARTI
C'EST BIZARRE
ON AURAIT DIT...
QUE PLUS JE ME RAPPROCHAIS DE MON CHER ET TENDRE PROFESSEUR...
PLUS TOUT PARTAIT EN LIVE AUTOUR DE MOI
...
NORI ÉTAIT BIZARRE ELLE AUSSI
DIS, SAEKA
J'AI QUELQUE CHOSE À TE DEMANDER

CONCERNANT...
HARUNA, JE ME DEMANDE SI...
BAH, OUBLIE ÇA, S'IL FAUT JE ME TROMPE
JE NE T'AI RIEN DIT VA
TU ES SÛRE ?
OUI
DIS, NORI...
DANS CE QUOTIDIEN TUMULTUEUX...
IL Y A BEAUCOUP DE CHOSES QUE TU ME CACHES ?
TIENS...
QU'EST-CE QUE KYO FAIT ICI ?

HÉ !
TAP
AH
HARUNA...
ET...

...
...
SILENCE

AH !
ビクッ
GLOUPS
VOUS NE SERIEZ PAS LE FAMEUX KYOSUKE PAR HASARD ?!
SI, POURQUOI ?
WOW ! LE LÉGENDAIRE KYOSUKE SE TROUVE LÀ, DEVANT MOI !
ELLE A DIT "LÉGENDAIRE" ?!
J'AI ENTENDU PARLER DE VOUS DÈS QUE JE SUIS ARRIVÉE DANS CETTE VILLE
OUAH ! VOUS VOILÀ EN CHAIR ET EN OS !

J'ENTENDS ENCORE DIRE SOUVENT QUE...
C'EST DOMMAGE QUE VOUS AYEZ QUITTÉ LE COLLÈGE !
JE VOIS
VOUS ÊTES ENCORE MIEUX QU'EN PHOTO
PEUT-ÊTRE MÊME AUSSI BEAU QUE HARUNA !
PEUT-ÊTRE MÊME ?!
TAP
AH...
QUI ÇA, MOI ?
AU FAIT, À QUI AI-JE L'HONNEUR ?
QUI ES-TU POUR LUI ?!
...
ON EST DANS LE MÊME COLLÈGE, JE SUIS ASSISE À CÔTÉ DE LUI...
ET DISONS QUE PENDANT QUE JE LE BRIEFAIS SUR SON NOUVEL ÉTABLISSEMENT, ON A SYMPATHISÉ

HII
C'EST AVEC ELLE QU'IL SORT ?
BLA BLA
AH !
CE QUE VOUS ÊTES BELLE VOUS AUSSI !
VOUS ÊTES TOUS DES AMIS DE HARUNA ?!
TU M'AVAIS CACHÉ ÇA, DIS DONC !
...
ÇA SUFFIT
JE CROIS QUE TU AS ASSEZ PARLÉ
HEIN
DÉPÊCHEZ-VOUS DE PARTIR
JE DOIS PARLER À HARUNA SEUL À SEUL
KYO...

...
AH, VOUS SORTEZ ENSEMBLE...
TOUS LES DEUX, C'EST ÇA ?!
JE...
NON, ON EST SEULE-MENT...
JE NE VOIS PAS...

QUI AURAIT ENVIE
DE SORTIR...
AVEC UNE FILLE
PAREILLE !
SYMPA
QUEL
GAMIN...

AH...
MON CŒUR VIENT DE FAIRE...
UN BRUIT BIZARRE
SAEKA, NE FAIS PAS ATTENTION À CE QU'IL A DIT !
TU SAIS BIEN QUE...
MAIS QU'EST-CE QUE...
J'AI QUEL-QUE CHOSE À FAIRE !
FFH

BIM
POF
BADABOUM
NON MAIS J'HALLUCINE !

ALLEZ, VAS-Y KYO, CRACHE LE MORCEAU !

QU'EST-CE QU...
SI TU AS QUELQUE CHOSE À DIRE, DIS-LE !
SI TU CHERCHES À ATTIRER L'ATTENTION, C'EST RÉUSSI !

TAP
LA FERME !
SI TU VEUX SAVOIR...
QU...
QU'EST-CE QUI SE PASSE ?!
JE...
T'AI...

We are always...
Chapitre 13
Le labyrinthe qui mène à toi

HEIN ?!
TU PARS VIVRE CHEZ TON ONCLE ?!
ET LE COLLÈGE ?
J'EN CHANGE
DU COUP, ON NE POURRA PLUS SE VOIR

MAIS POURQUOI ?!
SI TU NE SUPPORTES PLUS D'ÊTRE CHEZ TOI, TU PEUX RESTER ICI SI TU VEUX !
NON, CE N'EST PAS ÇA
ET PUIS, JE REFUSE D'ÊTRE UN FARDEAU
LA VÉRITÉ...
C'EST QUE JE VOULAIS...
RETOURNER DANS CETTE VILLE
We are always..

BO BOM
TUT TUT TUT
SAEKA, KYO !
UNE VOITURE ARRIVE !
VROUM !!

ALORS ?!
TU QUOI ?!
SAEKA...
RAPPELLE-TOI !
KYO N'EST PAS ENCORE AU MEILLEUR DE SA FORME !
PÂLE COMME UN LINGE
...

...
EXCUSE-MOI SAEKA MAIS...
APPAREMMENT KYO VOULAIT ME PARLER DONC...
AH... OUI...
RENTRE TOI AUSSI TOMONA

NORI
TU DEVRAIS EN FAIRE DE MÊME
À PLUS
ALLONS-Y, KYO
SAEKA
EXCUSE-MOI, JE SUIS DÉSOLÉ !

TAP
TAP
KYO...
DEPUIS QUAND ES-TU AMOUREUX D'ELLE ?
QU... QU... QU... QU'EST-CE QUE TU RACONTES ! ÇA VA PAS LA TÊTE !
ARRÊTE, ÇA SE VOIT TROP

VISIBLEMENT, ELLE NE S'EST ENCORE RENDU COMPTE DE RIEN MAIS...
NE LUI DIS SURTOUT PAS, D'ACCORD ? JAMAIS !
BIEN SÛR QUE NON...
JE CROYAIS QU'ELLE ÉTAIT AMOUREUSE DE QUELQU'UN ?
C'EST EXACT
ELLE VIENT À PEINE DE COMMENCER À SORTIR AVEC CELUI QU'ELLE AIME DEPUIS DES ANNÉES
C'EST POUR ÇA, C'EST PERDU D'AVANCE
BIM
ET ALORS QUOI, C'EST TOUT ?!
TU ABANDONNES DÉJÀ ?
TU PEUX PARLER TOI !
AU FAIT, C'EST QUI CETTE FILLE ?!

AH, ELLE...
ELLE TE DRAGUE ?
SI ON VEUT...
MÉFIE-TOI
LES FILLES TROP MAQUILLÉES CACHENT SOUVENT UN MISTER HYDE
SÉRIEUX ?!
HARUNA...
TU ES VRAIMENT...
AMOUREUX DE NORI ALORS ?
JE SUIS TRÈS MAL PLACÉ POUR TE DIRE ÇA MAIS...

JE NE VOUDRAIS PAS QUE TU LA FASSES SOUFFRIR !
KYO...
UN COURS D'EAU...
NE S'ARRÊTE JAMAIS DE COULER !
HEIN ?
MA MÈRE EST MORTE EN SE NOYANT DANS UNE RIVIÈRE
ELLE VOULAIT M'AMENER AVEC ELLE MAIS J'AI SURVÉCU
J'AVAIS DEUX ANS À L'ÉPOQUE

HEIN ?!
C'EST LE GENRE D'HISTOIRES TRISTES QU'ON ENTEND SOUVENT MAIS...
NORI EST LA SEULE QUI SOIT ARRIVÉE...
À REMETTRE LE TEMPS QUI S'ÉTAIT ALORS ARRÊTÉ...
EN MARCHE

DIS, KYO...
LA SITUATION ACTUELLE TE CONVIENT ?
EST-CE QUE...
C'ÉTAIT BIEN QU'ON EN RESTE LÀ TOUS LES QUATRE ?
JE...

HARUNA !
POUR MA PART, J'AVAIS TRÈS ENVIE...
QUE LE TEMPS S'ARRÊTE DE NOUVEAU
TAP

TAP

NORI
AH, HARUNA !
VOUS AVEZ FINI DE DISCUTER KYO ET TOI ?
QU'EST-CE QUE TU FAIS LÀ ?!
C'EST DANGEREUX POUR UNE FILLE D'ÊTRE DEHORS SEULE À UNE HEURE PAREILLE
COMME TU N'AS TOUJOURS PAS DE PORTABLE...
JE ME SUIS DIT QUE J'ALLAIS T'ATTENDRE COMME TU LE FAIS SOUVENT

EN TOUT CAS, C'EST DINGUE COMME ON SE SENT SEUL...
QUAND ON ATTEND QUELQU'UN DEVANT SA PORTE COMME ÇA
AH, EXCUSE-MOI !
C'EST JUSTE QUE JE ME FAISAIS DU SOUCI POUR TOI VOILÀ TOUT !
C'EST JAMAIS ÉCLAIRÉ CHEZ TOI !
JE ME DEMANDAIS SI TU MANGEAIS CORRECTEMENT !
ENFIN TU VOIS, EN BONNE VOISINE, JE M'INQUIÈTE POUR TOI QUOI !
...

FFT
AU FAIT, JE T'AI AMENÉ LES RESTES DU DÎNER !
SI ÇA TE DIT EUH...
...
ATCHOUM !
GLA GLA
RENTRE
SHHH
IL FAIT FROID DEHORS
AH, MERCI MAIS, NON MERCI !
DE QUOI TU AS PEUR ?
PEUR ?!
MAIS JE N'AI PAS PEUR !
JE NE SUIS PAS COMME TOI MOI
TAP TAP TAP
OUAH !

L'ODEUR DE CETTE MAISON...
ME RAPPELLE TELLEMENT DE SOUVENIRS
JE VENAIS SOUVENT JOUER CHEZ TOI AUTREFOIS
TOI, EN REVANCHE, TU N'ES JAMAIS VENU CHEZ MOI
MERCI POUR LES RESTES, TU ME SAUVES LA VIE
IL Y A PLUS COSY COMME ENDROIT MAIS BON...
TU NE RENTRES PAS ?
NON

JE PRÉFÈRE RESTER ICI
DANS CE CAS...
JE M'ASSIEDS LÀ MOI AUSSI
TON HALL N'EST PAS TRÈS SPACIEUX
ON VA DEVOIR S'EN CONTENTER
HI HI
CE N'EST PAS TRÈS POLI DE DIRE ÇA
AH, OUI, DÉSOLÉE
ÇA ME RAPPELLE LA FÊTE D'ÉTÉ...
QUAND ON ÉTAIT ASSIS À CÔTÉ L'UN DE L'AUTRE

TU AVAIS DISPARU TOUT D'UN COUP
OUI ET TU PLEURAIS À CHAUDES LARMES
TU PEUX PARLER TOI, ÇA T'ARRIVAIT SOUVENT
EN FAIT...
J'AURAIS PRÉFÉRÉ FAIRE AUTRE CHOSE...
QUE PARLER DU BON VIEUX TEMPS
DIS, HARUNA !
TU CROIS QU'ON POURRAIT ALLUMER LA LUMIÈRE ?
OUI
GLOUPS

JE FERAIS MIEUX...
DE RENTRER !
TAC
NORI !
SHHH
SI JE SUIS REVENU ICI...

C... C'EST PARCE QUE...
JE VOULAIS TE REVOIR !
JE ME SUIS RENDU COMPTE...
QUE...

JE T'AIME !

MOI...
MOI AUSSI
JE T'AIME...
TU SAIS
NON...
CE N'EST PAS CE QUE
JE VOULAIS DIRE

J'AI ENVIE DE TE TOUCHER
J'AI TOUJOURS ENVIE D'ÊTRE AVEC TOI
J'AI ENVIE DE T'AVOIR RIEN QUE POUR MOI...
D'ÊTRE LE SEUL À POUVOIR TE VOIR
MAIS...
TU SEMBLES OUBLIER QUE TU AS UNE PETITE AMIE !
CE N'EST PAS CE QUE TU CROIS

TOMONA...
N'EST PAS MA PETITE AMIE
JE N'AI PAS L'HABITUDE DE CE GENRE D'EFFUSIONS !
C'EST POUR ÇA QUE JE CROIS...
BÊTEMENT CE QUE TU ME DIS !

JE SUIS SÉRIEUSE !
JE TE CROIS !
NORI
TANT MIEUX !

JE VAIS...
ENFIN POUVOIR T'EMBRASSER !

SANS HÉSITER...
SANS M'ARRÊTER AU DERNIER MOMENT

HARUNA !
J'AVAIS LE SENTIMENT QUE...
NOUS ÉTIONS ENFIN RÉUNIS

We are always...
Chapitre 14 Court-circuit

HARUNA M'A DIT QU'IL M'AIME
MAIS PAS SEULEMENT D'AMITIÉ
ET PAS SEULEMENT COMME UNE FILLE PARMI TANT D'AUTRES
IL M'AIME MOI

We are always..

MOI ET SEULEMENT MOI
ぼぼっ
BOBOM
...
ON S'EST EMBRASSÉS...
ON N'AURAIT PEUT-ÊTRE PAS DÛ
HEUREUSE-MENT QU'IL N'A PAS ALLUMÉ FINALEMENT
SURTOUT QUE J'AI PLEURÉ
MAIS J'AI TELLEMENT ENVIE DE LE REGARDER...
DE VOIR SON VISAGE
HARUNA...
CO...
COMMENT ON FAIT POUR PARLER AU FAIT ?!
AH !
J'AI MOUILLÉ SON UNIFORME !
NORI...

HOP
EXCUSE-MOI !
J'AI MOUILLÉ TON...
AAH !
HARUNA !
!!
HEIN ?
PENDANT CE TEMPS, COMMENCE À MANGER CE QUE JE T'AI APPORTÉ !
QU'EST-CE QUE TU VAS CHERCHER ?!
GHH
EXCUSE-MOI, JE VAIS BIEN
ATTENDS-MOI LÀ, JE VAIS CHER-CHER UN TRUC ET JE REVIENS !
UN AUTO...
JE N'AI PAS BESOIN D'UN AUTOCUI-SEUR LÀ

MAIS SI TU T'ES ÉVANOUI, C'EST PARCE QUE TU N'AS RIEN MANGÉ, NON ?!
PAS DU TOUT
J'ÉTAIS TELLEMENT TENDU QUE...
JE N'AVAIS PLUS LA FORCE DE TENIR DEBOUT
...
HARUNA ?
OÙ EST PASSÉ LE HARUNA QUI ME DISAIT DE RENTRER CHEZ MOI SUR UN TON AGRESSIF
J'AI CHANGÉ, PAS VRAI ?
DÉSOLÉE
J'AI MOUILLÉ TON UNIFORME
C'EST QUOI CE SENTIMENT ?

AH...
ARRÊTE DE T'EXCUSER TU VEUX
JE SUIS DÉJÀ ASSEZ EMBARRASSÉ COMME ÇA
NE T'EN FAIS PAS POUR MON UNIFORME
KYO M'EN A PRÊTÉ CINQ EN TOUT
VRAIMENT ?!
IL REMONTE DANS MON ESTIME
TU M'ÉTONNES
HARUNA...
EST LE PREMIER GARÇON...
À M'AVOIR DIT QU'IL M'AIME

IL...
COMPTE TELLEMENT POUR MOI
S'IL SAVAIT
NORI...
TON CORPS...
EST SI CHAUD

Qu'est-ce qu'on fait ? On s'embrasse encore ?
Tu casses l'ambiance là
Et arrête de faire ça avec ta bouche !
AAH
Il se rapproche !
OUAH !
...
Il y a un enfant là-bas qui nous fixe comme s'il allait nous étriper
HEIN ?!
Hum ?
Qu... qu'est-ce qu'il y a ?

OUBLIE-LE VA !
ÇA NE RISQUE PAS !
FFT
YU !
...
VRR
AH !
ATTENDS, POURQUOI TU PARS EN COURANT ?!

TU CROIS QU'IL NOUS A VUS NOUS EMBRASSER ?!
VU QUE TU ÉTAIS DE DOS, RIEN N'EST MOINS SÛR
D'AUTANT QU'IL FAIT NUIT
APRÈS, IL A FORCÉMENT VU QUE TU ÉTAIS AVEC UN GARÇON
AH !
MAIS J'Y PENSE, C'EST LA PREMIÈRE FOIS QUE TU VOYAIS MON PETIT FRÈRE ?
IL S'APPELLE YU
HEIN ?
IL FAUT L'EXCUSER, IL EST TIMIDE
C'EST PEUT-ÊTRE PARCE QU'À CAUSE DE SA SANTÉ FRAGILE IL A SOUVENT MANQUÉ L'ÉCOLE
MAIS BON, IL EST PLUS ROBUSTE MAINTENANT
JE VOIS

DEPUIS QUE JE SUIS PARTI...
IL S'EN EST PASSÉ DES CHOSES DANS TA VIE À CE QUE JE VOIS
EN MÊME TEMPS, C'EST NORMAL
OUI MAIS BON, IL NE M'EST RIEN ARRIVÉ D'EXTRAORDINAIRE NON PLUS
Ç'AURAIT PU ÊTRE PIRE, ÇA M'APPRENDRA À T'AVOIR LAISSÉE SANS SURVEILLANCE PENDANT SI LONGTEMPS
HEIN ? SANS SURVEILLANCE ?
Ç'AURAIT PU ÊTRE PIRE ?
EN TOUT CAS...
JE SUIS CONTENT QUE KYO AIT REFUSÉ TES AVANCES

MAIS
QU'EST-CE
QUE TU...

BON...
IL VA VRAIMENT FALLOIR QUE JE RENTRE LÀ !
OUI
À DEMAIN

À D-E-M-A-I-N
TAP
J'ESPÈRE QUE LES RESTES...
SERONT À TON GOÛT
OUI !
À DEMAIN !
JUSQU'À CE JOUR, JE NE M'ÉTAIS PAS RENDU COMPTE...
DU POUVOIR DE CES MOTS

CRII
HARUNA M'AVAIT DIT QU'IL M'AIMAIT...
ET ON S'ÉTAIT EMBRASSÉS

À COMPTER DE CE JOUR, TOUT CHANGEA
LES CHEMINS QUE J'EMPRUNTAIS...
LES ESCALIERS, TOUT
MES ROUAGES, LOURDS JUSQUE-LÀ...
AVAIENT ENFIN COMMENCÉ À BOUGER
...
OUAH
JE ME SENS SUPER MAL, LÀ
TAC
TU AS QUELQUE CHOSE À TE REPROCHER ?!

AAH !
ALORS COMME ÇA TU AS UN PETIT AMI ?
YU, TU... TU NOUS AS VUS ?!
JE SUIS CONTENT POUR TOI
HARUNA...
MON PETIT FRÈRE A...
LE LENDEMAIN MATIN
NORI !

OUAH
ÇA FAIT BIZARRE DE SE VOIR EN PLEIN JOUR
SALUT
JE...
SA... SALUT !
JE NE SAIS PAS OÙ ME METTRE LÀ
QU'EST-CE QUE TU FAIS LÀ DE BON MATIN ?!
ON NE COMMENCE PAS À LA MÊME HEURE, SI ?!
C'EST SYMPA DE SE VOIR LE MATIN DE TEMPS EN TEMPS
JE NE ME SUIS JAMAIS SENTIE AUSSI GÊNÉE DE TOUTE MA VIE !
TES RESTES...
ÉTAIENT SUPER BONS !
RA... RAVIE DE L'ENTENDRE
(LE DIT D'UNE VOIX MONOTONE)
ARRÊTE ! ÉVITE DE ME REGARDER TU VEUX !
POURQUOI ?!
...
IL Y A QUELQU'UN LÀ-BAS QUI NOUS REGARDE AVEC DES YEUX DE PERVERS
HEIN ?!

C'EST LE GARS DU BATTING CENTER
KUNI !
?
HOP
TADAM
YOU HOU !!
TAP
ON S'EST COMPRIS
QUOI ?!
IL VEUT QU'ON AILLE AU BATTING CENTER EN AMOUREUX

HARUNA...
IL Y A UN ENDROIT OÙ JE VOUDRAIS QU'ON AILLE
JE M'ÉTAIS PROMIS QUE J'IRAIS...
LE JOUR OÙ J'AURAIS UN PETIT AMI
DANS CETTE VILLE, C'ÉTAIT L'ENDROIT...
LE PLUS PROCHE DU CIEL
OK, JE SUIS PARTANT
HARUNA EST MON PETIT AMI...
ÇA C'EST DE LA RÉPONSE IMMÉDIATE !

ET JE SUIS SA PETITE AMIE
JE NE M'ÉTAIS PAS...
ENCORE HABITUÉE À NOTRE NOUVEAU STATUT MAIS...
J'ÉTAIS LITTÉRALEMENT AUX ANGES

CETTE FILLE C'EST...
AH, ELLE M'A VUE
AH
NORI !
HI HI HI
ATTENDS-MOI, J'ARRIVE
FAISONS UN BOUT DE CHEMIN ENSEMBLE
ÇA VA T'ÉLOIGNER DU COLLÈGE, ÇA NE FAIT RIEN ?
HUM ? PENSES-TU

EN PLUS, JE VOULAIS JUSTEMENT TE PARLER
...
DIS, NORI
VOUS SORTEZ ENSEMBLE HARUNA ET TOI ?
!
C'EST OUI ALORS ?
JE COMPRENDS MIEUX MAINTENANT POURQUOI...
IL A ROMPU HIER SOIR

POURTANT...
HARUNA M'A DIT QU'ILS NE SORTAIENT PAS ENSEMBLE
IL M'AURAIT MENTI ?
AH !
TU NE DEVRAIS PAS LE PRENDRE COMME ÇA
HEIN ?!
JE NE REPRÉSENTE RIEN POUR LUI, TU SAIS
IL N'Y AVAIT RIEN DE SÉRIEUX ENTRE LUI ET MOI
C'ÉTAIT PUREMENT PHYSIQUE ENTRE NOUS

N'EMPÊCHE QU'AVEC TOUS LES CARTONS QUI RESTENT À DÉBALLER...
SA CHAMBRE EST MINUSCULE
AH ÇA, JE NE PEUX PAS TE DIRE
AH ! TU N'Y ES JAMAIS ENTRÉE ALORS ? DÉSOLÉE
COMME HARUNA A TOUJOURS L'AIR TRISTE...
IL EST ATTACHANT ET ON A ENVIE DE PRENDRE SOIN DE LUI
IL NE T'EST JAMAIS ARRIVÉ D'AVOIR PITIÉ DE LUI ?
JE NE SAIS PAS À QUOI TU...
NORI...

ÉTANT LOIN DE SA FAMILLE, LA SOLITUDE LUI PÈSE
ALORS IL NE T'EST VRAIMENT JAMAIS ARRIVÉ D'AVOIR PITIÉ DE LUI ?!

AVOUE...
TU AS PITIÉ DE LUI, N'EST-CE PAS ?
AH
NORI

BIM
PSHH
DIS DONC, NORI, IL FAUT DORMIR LA NUIT
BOBOM
AAH !
OÙ EST PASSÉE CELLE QUE J'AI EUE AU TÉLÉPHONE HIER SOIR ?!
BZZ
SAEKA...
QU'EST-CE QU'IL Y A ? VOUS VOUS ÊTES DÉJÀ DISPUTÉS ?
NON...
J'AI L'IMPRESSION QUE MON CERVEAU A ATTEINT SES LIMITES, LÀ
JE CROIS QUE JE VAIS ALLER À L'INFIRMERIE

...
...
...
...
...
...
...
MON CERVEAU AVAIT COURT-CIRCUITÉ...
PARCE QU'IL AVAIT SURCHAUFFÉ OU IL ÉTAIT SIMPLEMENT ENDOMMAGÉ ?

EN TOUT CAS,
SI JE N'ARRIVAIS
PAS À Y REMÉDIER
PAR MOI-MÊME...
HARUNA ÉTAIT MAL...
ET MOI AUSSI

We are always...
Chapitre 15
Telle la cristallisation de la neige qui fond

INFIRMERIE
NORI ?
We are always..

ELLE DORT COMME UN BÉBÉ
EN MÊME TEMPS, DE LA FUMÉE SORTAIT DE SA TÊTE
J'AI BESOIN DE ME REPOSER JE CROIS...
"SAEKA"
"HARUNA M'A FAIT UNE DÉCLARATION"
HEIN ?!
LA VEILLE
JE CROYAIS QU'IL AVAIT UNE PETITE AMIE ?
MOI AUSSI
MAIS IL M'A DIT QUE CE N'ÉTAIT PAS LE CAS !
QU'ILS NE SORTAIENT PAS ENSEMBLE !
ELLE JUBILE...

DIS, SAEKA
TU CROIS QUE C'EST BIEN ?
TU CROIS QUE C'EST UNE BONNE IDÉE QU'ON SORTE ENSEMBLE LUI ET MOI ?
JE NE VOIS PAS OÙ EST LE PROBLÈME SI TU EN AS ENVIE
C'EST VRAI
JE VOUDRAIS TELLEMENT L'AIDER
JE FERAIS N'IMPORTE QUOI POUR LUI
JE SAIS
JE SUPPOSE QU'ELLE ÉTAIT TELLEMENT EXCITÉE HIER SOIR...
QU'ELLE N'AURA PAS DORMI CETTE NUIT

MAIS POURQUOI UN TEL CHANGEMENT ENTRE HIER SOIR ET CE MATIN ?
NORI
ELLE DOIT Y ÊTRE POUR QUELQUE CHOSE
CETTE COLLÉGIENNE NE ME DIT RIEN QUI VAILLE
SAEKA
NORI VA MIEUX ?
ON VIVAIT...
DANS UNE PETITE VILLE, DANS UN PETIT MONDE
OUI
LAISSONS-LA DORMIR ENCORE UN PEU

ON TOURNAIT POUR AINSI DIRE EN ROND
BIEN SÛR, ON AVAIT BIEN...
NOS PETITS SOUCIS QUOTIDIENS
MAIS MALGRÉ TOUT ON...
BAM
BON...

JE DOIS PENSER À QUELQUE CHOSE D'AGRÉABLE
À QUELQUE CHOSE QUI ME DONNE DU COURAGE
HOP
BLA BLA
BLA BLA
BLA BLA
JE VERRAI BIENTÔT LE PROFESSEUR
JE VERRAI BIENTÔT LE PROFESSEUR
JE VERRAI BIENTÔT LE PROFESSEUR
JE VERRAI BIENTÔT LE PROFESSEUR
JE VERRAI BIENTÔT...
BLA BLA
BLA BLA
ELLE EST REVENUE
ELLE VA LE REGRETTER

LES VOILÀ !
ON LUI AVAIT POURTANT DIT DE NE PAS REVENIR
ELLE EST BÊTE OU QUOI ?
TAPATA
TAPATA
TAPATA
JE LE SAVAIS...
TAPATA
CE SONT BIEN LES COPINES...
DE KAORI
TAPATA
TAPATA
CA... CALME-TOI
IL ME FAUT DES PREUVES
TAPATA
ON N'A PEUT-ÊTRE PAS ÉTÉ ASSEZ CONVAINCANTES ?
N'EMPÊCHE QUE SI KYOSUKE L'APPREND, ON EST MAL

TAC
JE M'EN FICHE PAS MAL ! ELLE N'AURAIT JAMAIS DÛ REMETTRE LES PIEDS ICI LA BOUCHE ENFARINÉE !
BIEN PARLÉ, ELLE SE LA JOUE TROP PRINCESSE !
MES CHAUSSURES...
TU CROIS QU'ELLE EST AMOUREUSE DE LUI ?
JE LEUR AI DIT QUE NON !
QUE FAIRE, QU'EST-CE QUE JE DOIS FAIRE
JE NE SAIS PAS SI J'AURAI LE COURAGE DE LES AFFRONTER.
KAORI A DIT QU'ILS ÉTAIENT...
DES AMIS D'ENFANCE
AH, C'EST POUR ÇA QU'ELLE SE PREND POUR UNE PRINCESSE
...
JE SUPPOSE...

QU'ILS TRAÎNENT ENSEMBLE DEPUIS LA MATERNELLE
PLUS RESTREINTE COMME RELATION, TU MEURS !
C'EST PATHÉTIQUE
LE MONDE EST VRAIMENT PETIT !
WHAT A SMALL WORLD
HA HA HA
CLIC

CLIC
CLIC
CLIC
AH !

HOP
J'AI FAIM...
JE SUIS OÙ LÀ ?
DES FILLES SE SONT BATTUES !
C'ÉTAIT UNE BAGARRE...
À DEUX CONTRE UNE
ELLES ONT FINI LÀ ?
EUH...
QU'EST-CE QUE VOUS DITES ?
APPAREMMENT, LES DEUX SE SONT ENFUIES
IL PARAÎT QUE LA TROISIÈME...
C'ÉTAIT SAEKA !
SHHH

SAEKA !
AH... NORI...
ELLE AURAIT PU CHOISIR UN MEILLEUR MOMENT POUR SE RÉVEILLER
QU... QU'EST-CE QUI...
JE N'ARRIVE PAS À CROIRE QUE MA SAEKA SOIT DANS CET ÉTAT !
CALME-TOI, TU PLEURERAS PLUS TARD

MES BLESSURES SONT SUPERFICIELLES
JE VAIS BIEN
JE ME SUIS COMPORTÉE COMME UNE GAMINE... JE N'AI FAIT QU'ENVENIMER LA SITUATION...
EN PLUS, MES PARENTS ONT ÉTÉ MIS AU COURANT DE CE QUI S'EST PASSÉ
JE RACONTAIS TOUT À NORI
LE FAIT QUE J'AVAIS DIT QUELQUE CHOSE QUE JE N'AURAIS PEUT-ÊTRE PAS DÛ DIRE À LA PETITE AMIE DE KYO...
ET LES VEXATIONS QUE J'AVAIS SUBIES

SNIF
SNIF
ARRÊTE DE PLEURER, NORI !
EXCUSE-MOI...
JE NE ME SUIS RENDU COMPTE DE RIEN
ON ÉTAIT TOUJOURS ENSEMBLE POURTANT
À TA DÉCHARGE, TU ÉTAIS PAS MAL PRÉOCCUPÉE CES DERNIERS TEMPS
TU SAIS...
NORI NE ME FIT AUCUN REPROCHE
ELLE NE ME DEMANDA PAS POURQUOI JE NE LUI AVAIS PAS RACONTÉ TOUT ÇA AVANT
TU M'AS TOUJOURS IMPRESSIONNÉE

MÊME MORTE DE TROUILLE...
TU FAIS TOUJOURS CE QU'IL FAUT QUAND IL FAUT
TU NE TROMPES JAMAIS TON MONDE COMME JE LE FAIS EN RIANT À TOUT BOUT DE CHAMP
TU REGARDES LES CHOSES EN FACE ET LES AFFRONTES
JE ME DEMANDE...
POURQUOI JE NE SUIS PAS RESTÉE CACHÉE TOUT À L'HEURE
SI JAMAIS ELLES TE REFONT DES MISÈRES...
JE LES AFFRONTERAI AVEC TOI !

JE SUIS...
TON AMIE APRÈS TOUT
NORI, À PROPOS DE CE MATIN...
OUI, JE TE PROMETS DE TOUT TE RACONTER
FFT
SAEKA, TU DEVRAIS RASSEMBLER TES AFFAIRES
OUI
JE PRÉFÈRE QUE TU AILLES TE FAIRE EXAMINER À L'HÔPITAL
JE L'ACCOMPAGNE !
SÛREMENT PAS ! TU AS ASSEZ MANQUÉ DE COURS COMME ÇA
D'AILLEURS, TU AS AUSSI ASSEZ DORMI
SI TU TE SENS SUFFISAMMENT EN FORME POUR L'ACCOMPAGNER, C'EST QUE TU PEUX RETOURNER EN COURS
J'AI CONTACTÉ TES PARENTS

JE ME VOIS MAL Y ALLER COMME ÇA
PFF
BON...
JE VAIS CHERCHER TON SAC DANS LA SALLE DE CLASSE !
OK, MERCI
OÙ EST TON PORTABLE ?
TU VEUX QUE JE PRENNE QUELQUE CHOSE DANS TON CASIER ?
QUOI D'AUTRE...
TAP
TAP
TAP
TAP
TAP
ET NE COURS PAS !
PFF
C'EST UNE VRAIE AMIE QUE TU AS LÀ
OUI
JE VAIS ME LAVER LES MAINS
SHHH
D'ACCORD

WOW...
MES PANSEMENTS SONT ÉNORMES...
TAP
TAP
TAP
TAP
TAP
C'EST CLAIR QUE JE ME VOIS MAL ALLER EN COURS COMME ÇA
TAP
TAP

AH...
KYO...
OÙ TU VAS SI VITE ?
SI TU POUVAIS ARRÊTER DE ME REGARDER COMME ÇA
ET DIRE QU'IL N'ARRIVAIT PAS À ME REGARDER EN FACE IL N'Y A PAS SI LONGTEMPS
CE NE SONT QUE DES ÉRAFLURES
MAIS OUI C'EST ÇA, À D'AUTRES !

...
J'ÉTAIS DANS LE HALL...
TU PEUX M'EXPLIQUER ?!
DIS-MOI...
ET J'AI ENTENDU QUE TU AVAIS ÉTÉ BLESSÉE SUITE À UNE BAGARRE !
QUI T'A FAIT ÇA ?!
ARRÊTE !
TOUT LE MONDE NOUS REGARDE !

HAA
HAA
HAA
...
JE ME SUIS BATTUE AVEC DES FILLES
JE NE SAIS PAS CE QUI M'A PRIS...
J'AI VRAIMENT AGI COMME UNE GAMINE
C'ÉTAIT STUPIDE
JE DOUTE QUE TU AIES FAIT ÇA SANS RAISON !

JE ME RAPPELLE QU'EN PRIMAIRE, TU AS ÉTRANGLÉ NAGAHAMA PARCE QU'IL REJETAIT TOUJOURS LA FAUTE SUR LES AUTRES
LE MOT EST UN PEU FORT...
C'ÉTAIT QUOI CETTE FOIS ?!
QUAND TU TE METS EN COLÈRE...
IL Y A TOUJOURS UNE BONNE RAISON
TU NE TE BATTRAIS JAMAIS SI CE N'ÉTAIT PAS JUSTIFIÉ !
PETIT MONDE...
D'UNE PETITE VILLE

ON TOURNAIT EN ROND MAIS...
ÇA AVAIT AUSSI SES AVANTAGES
J'AVAIS...
DES AMIS QUI M'AVAIENT ACCEPTÉE TELLE QUE J'ÉTAIS
ET POUR ÉVITER QUE CE LIEN NE FONDE...
TELLE LA NEIGE AU SOLEIL OU QU'IL NE SOIT ENTACHÉ...
JE TENAIS...
À LE PROTÉGER COÛTE QUE COÛTE

OUI...
COÛTE QUE COÛTE
NE PLEURE PAS !
JE NE PLEURE PAS, C'EST JUSTE QUE J'AI DU DÉSINFECTANT DANS L'ŒIL

SI LE PROFESSEUR YANAIZU...
TE VOYAIT...
AVEC UNE TÊTE PAREILLE...
IL N'EN REVIENDRAIT PAS !
AH !
C'EST VRAI, COMMENT JE VAIS FAIRE ?!
NE ME DIS PAS QUE TU T'ES BATTUE...
AVEC LES COPINES DE KAORI ?!

JE VOIS
ATTENDS !
IL FAUT QUE TU SACHES QUE KAORI N'Y ÉTAIT PAS !
ELLES NE PERDENT RIEN POUR ATTENDRE...
OUAH, C'EST PAS VRAI, JE ME SUIS ENCORE FAIT AVOIR !
JE SUIS DÉSOLÉ, SAEKA !

VRAIMENT !
KYO...

TU N'AS PAS
À T'EXCUSER
TU SAIS !
JE TE
PROMETS
QUE...
PLUS JAMAIS
IL NE T'ARRIVERA UNE
CHOSE PAREILLE !
KYO ?

We are always...
Chapitre 16 Bye bye my...

"IL FAUT QUE TU SACHES QUE KAORI N'Y ÉTAIT PAS !"
JE LE SAIS BIEN
APRÈS TOUT...
We are always..

JUSQU'À TOUT À L'HEURE...
ON ÉTAIT ENSEMBLE ELLE ET MOI
C'EST PAS VRAI !
À QUOI...
JE JOUE LÀ ?!

BLA BLA
BLA BLA
BLA BLA
BLA BLA
IL ÉTAIT SI FACILE POUR MOI...
DE SORTIR AVEC UNE FILLE
ELLES VENAIENT À MOI SANS QUE J'AI À FAIRE QUOI QUE CE SOIT
APRÈS, IL SUFFISAIT DE QUELQUES MOTS GENTILS POUR QU'ELLES FASSENT CE QUE JE VOULAIS
OUI, IL N'Y AVAIT RIEN DE PLUS SIMPLE...
QUE DE FAIRE TOMBER UNE FILLE DANS MES BRAS
DÉPÊCHE-TOI. QU'EST-CE QUE TU ATTENDS ?! ☆

J'AI ENFIN RÉUSSI À CONCLURE HIER SOIR !
WOW !
JE NE SUIS PAS PRÊT D'Y ARRIVER
LES GARS...
AU POINT D'EN TOMBER SANS ÊTRE CAPABLE DE VOUS RELEVER ?
DE NE PAS POUVOIR LUTTER...
QUE... QU'EST-CE QUE TU VEUX, KYOSUKE ?!
NOUS RIDICULISER ENCORE, C'EST ÇA ?!
ÇA VOUS EST DÉJÀ ARRIVÉ D'ÊTRE RAIDE DINGUE D'UNE FILLE ?
VOTRE RAISON NE POUVANT PLUS RIEN POUR VOUS ?
VOUS...

VOUS AVEZ DÉJÀ...
ÉTÉ AMOUREUX À CE POINT ?!
...
MAÎTRE KYOSUKE !
NE...
BIM
AH, KYO...
EXCUSE-MOI !
DIS DONC...
EN MÊME TEMPS, QUELLE IDÉE DE RESTER PLANTER EN PLEIN MILIEU DU HALL !
TU POURRAIS TE METTRE UN PEU PLUS SUR LE CÔTÉ
PLIC PLIC PLIC

J'AMÈNE SON SAC À SAEKA !
AH !
TU ES AU COURANT POUR LA BAGARRE ?!
OUI
SAEKA VA ALLER SE FAIRE EXAMINER À L'HÔPITAL AU CAS OÙ
BON...
JE DOIS ME DÉPÊCHER ! À PLUS !
...
JE VOIS

[1]En France, correspond à la classe de 1re.

IL FAUT QUE JE TE PARLE
C'EST KYOSUKE, CET ÉLÈVE DE SECONDE, NON ?
BLA BLA
BLA BLA
C'EST LA PREMIÈRE FOIS QUE JE LE VOIS D'AUSSI PRÈS, QUEL CANON
JE COMPRENDS MAINTENANT POURQUOI KAORI EST AUSSI FIÈRE
JUSQU'À AUJOURD'HUI, IL N'ÉTAIT JAMAIS VENU LA CHERCHER
ÉCOUTE, KYOSUKE !

N'EMPÊCHE QU'ON SERA SOUVENT VENUS...
DANS CETTE SALLE TOUS LES DEUX
MAIS ON N'AURA PLUS BESOIN DE CETTE CLÉ DÉSORMAIS
JE N'Y SUIS POUR RIEN !
JE NE LEUR AI JAMAIS DEMANDÉ DE FAIRE ÇA !
JE...
SOIS FRANCHE KAORI...

TU NE...
M'AIMES PAS VRAIMENT, PAS VRAI ?
BIEN SÛR QUE SI !
ARRÊTE TON CHAR
JE NE T'AI JAMAIS...
VRAIMENT DÉTESTÉE TU SAIS
JE T'AI TOUJOURS TROUVÉE MIGNONNE ET J'AI TOUJOURS PENSÉ QUE...
TON FORT CARACTÈRE, TA FIERTÉ ET TON ÉGOÏSME T'ALLAIENT À RAVIR

SINON...
JAMAIS JE NE SERAIS RESTÉ AVEC TOI AUSSI LONGTEMPS
POURQUOI TU PARLES AU PASSÉ ?
BIEN JOUÉ, KYOSUKE
QUE VEUX-TU QUE JE RÉPONDE À ÇA ?!

JE T'AI TOUJOURS AIMÉ TU SAIS
ET JE T'AIME ENCORE PLUS AUJOURD'HUI QU'AU DÉBUT
MAIS C'EST TOUJOURS À MOI DE FAIRE DES CONCESSIONS !
COMME J'AI DU MAL À GARDER LES CHOSES POUR MOI, JE ME SUIS VANTÉE, C'EST VRAI !
MAIS...
JE CROIS QUE J'AI DÉPASSÉ...
LES LIMITES !
EN TOUT CAS, TU AS CHANGÉ !

IL N'Y A PAS SI LONGTEMPS, TU N'ÉTAIS ENCORE QU'UN SOMBRE CRÉTIN POURTANT !
SNIF...
APRÈS, JE DOIS T'AVOUER QUE ÇA FAIT MAL DE SAVOIR QUE...
JE N'Y SUIS POUR RIEN !
FFT
KAO...
TU CROIS QUE TU VEUX BIEN PARDONNER MES COPINES ?
ELLES ONT UN BON FOND TU SAIS
CE SONT MES AMIES APRÈS TOUT

JE PENSE QUE SAEKA S'EST ASSEZ DÉFOULÉE
SHH
ADIEU, KYOSUKE !
TAP
TAP
TAP

JE SUIS SÛR...
QUE TU RETROUVERAS BIENTÔT...
QUELQU'UN

ADIEU...
KAORI
KUNITACHI
BATTING CENTER
GAME
DRELIN
DRELIN
DRELIN
BIEN LE BONJOUR À VOUS !

DRELIN
DRELIN
YO
AH, C'EST TOI KYOSUKE ?!
TUT
TU
BOUM
BOUM
FÊTE !
FÉLICITATIONS ! CE MOIS-CI...
C'EST TOI QUI PULVÉRISES LE RECORD DU NOMBRE DE VISITES INDIVIDUELLES !
ÇA ME FAIT UNE BELLE JAMBE !
TU VIENS ENCORE DEUX FOIS ET TU REMPORTES LE TITRE TANT CONVOITÉ DE CLIENT EN OR !
UN TITRE QUI TE PERMETTRA DE BÉNÉFICIER DE 5% DE RÉDUCTION PENDANT UN AN ! GÉNIAL, NON ?!
IL FAUT ABSOLUMENT QUE TU LE DÉCROCHES !
SAUF QUE JE N'EN AI AUCUNE ENVIE
TAP
TAP
...
EH BEN... J'HALLUCINE... ÇA NE LUI FAIT NI CHAUD NI FROID ON DIRAIT
QU'EST-CE QUI T'ARRIVE ? TU AS TOUJOURS ÉTÉ DU GENRE ENNUYEUX MAIS AUJOURD'HUI, TU BATS TOUS LES RECORDS...
AH...

DIS-MOI TOUT, C'EST QUOI TON PROBLÈME ?
...
TU T'ENNUIES ?
RATÉ, ESSAIE ENCORE !
J'Y SUIS
TU AS ENFIN ROMPU AVEC TA COPINE, C'EST ÇA ?
FRR
BAH, QUI DIT RENCONTRE, DIT SÉPARATION
SI C'ÉTAIT QUE ÇA, ÇA IRAIT !
TOUT ÇA...
C'EST DE MA FAUTE !

POURQUOI C'EST SI DIFFICILE ?!
IL FAUT TOUJOURS QUE TU FASSES SOUFFRIR OU PLEURER...
QUELQU'UN !
RIEN NE SE PASSE COMME JE LE VOUDRAIS !
TADAM
HEIN ?!
...
NON, RIEN... JE VAIS JOUER
KYO

SACHE QUE PLUS ON VIEILLIT, PLUS IL Y A DE CHOSES DIFFICILES À GÉRER
ET LA SEULE CHOSE À FAIRE...
C'EST AVANCER
AVANCER ?

EUH...
KUNI, C'EST ÇA ?
C'EST ÇA
AH !
AU FAIT, NORI EN A ENFIN TROUVÉ UN ! ... ♡
UN QUOI ?!
M
E
C ♡
CE MATIN, ELLE ÉTAIT ROUGE COMME UNE PIVOINE !
TU SAIS, CE COLLÉGIEN AUX CHEVEUX NOIRS
HARUNA ?
OUI, C'EST ÇA !
IL LUI A ENFIN DIT
JE VOIS

OUPS
J'AURAIS PEUT-ÊTRE MIEUX FAIT DE ME TAIRE ?
NON
C'EST GÉNIAL POUR ELLE, NON ?
HARUNA S'ÉTAIT LANCÉ
SUR CE... JE VAIS JOUER CETTE FOIS !
OK, AMUSE-TOI BIEN !
MAIS BON...
HARUNA ET MOI N'ÉTIONS PAS DANS LA MÊME SITUATION
NORI ÉTAIT CÉLIBATAIRE...
ALORS QUE SAEKA...

SAEKA EST DÉJÀ AMOUREUSE DE QUELQU'UN D'AUTRE
IL FAUT CROIRE QUE JE FONCE TOUT DROIT...
DANS UNE IMPASSE...
BAM
OUI ?
OH, C'EST TOI YANAIZU ?
AH...
ÇA FAISAIT LONGTEMPS

YANAIZU ?!
...
...
TAP
NON ?!
IL EST ICI ?!

BAM
QU'EST-CE QU'IL Y A ? TU AS OUBLIÉ QUELQUE CHOSE ?!
OÙ EST LE PROFESSEUR YANAIZU ?!

IL EST DÉJÀ PARTI ?!
NON, TU TE TROMPES !
ON S'EST SEULEMENT PARLÉ AU TÉLÉPHONE !
DRELIN
DRELIN
...
C'ÉTAIT DONC ÇA...
APPAREMMENT, IL EST À LA GARE LÀ
IL M'A DIT QU'IL ALLAIT PASSER

MAIS AU FAIT, TU LE CONNAIS ?
C'ÉTAIT MON PROFESSEUR DE CALLIGRAPHIE...
VRAIMENT ?
NOUS, ON ÉTAIT DANS LA MÊME ÉCOLE !

Chapitre 17 À la clarté du soleil et de la lune
We are always...

...
GY UDON
C'EST LA MAISON QUI RÉGALE SI VOUS ARRIVEZ À MANGER DIX GROSSES PARTS !!
TENTEZ VOTRE CHANCE !
FRAIS DE PARTICIPATION : 500円[1]
TEMPS IMPARTI : 30 MINUTES
(SI VOUS N'ARRIVEZ PAS À TOUT FINIR, VOUS PAYEZ LA DIFFÉRENCE)
[1] Environ 4,17 €.
GROUIC
GROUIC
(−500)
PFIOU
BON
TAP
CLING
HÉ !

(AU LOIN)
CLING
MON GYUDON !
AH, JE SUIS DÉSOLÉ
C'ÉTAIT UNE PIÈCE DE 500 YENS, C'EST BIEN ÇA ?
TIENS

JE NE PEUX PAS ACCEPTER
MERCI QUAND MÊME
TU ÉTAIS SUR LE POINT D'ENTRER DANS CE RESTAURANT, NON ?
PAS VRAIMENT...
GROUIC
EUH...
DANS CE CAS, LAISSE-MOI AU MOINS TE PAYER LA MOITIÉ

BON ÉCOUTE, COMME JE N'AI PAS DE MONNAIE, JE TE DONNE 500 YENS FINALEMENT
HOP
AH !
MAIS NON ENFIN !
TU...
ES AU COLLÈGE NANCHU ?
...
NAN...
CHU
CET UNIFORME ME RAPPELLE TELLEMENT DE SOUVENIRS
AH, C'EST LE NOM DE MON COLLÈGE ?

MES ANCIENS ÉLÈVES Y SONT ALLÉS EUX AUSSI
ÇA NE ME REGARDE PAS MAIS
VOUS ÊTES PROFES-SEUR ?
OUI
ENFIN, JE L'ÉTAIS. AUTREFOIS DU MOINS
CETTE VILLE N'A PAS CHANGÉ
...
AH !
TU NE SERAIS PAS...

BRR BRR
AH
500
D'ACCORD, À PLUS TARD
IL A SOURI ? JE RÊVE OU IL A SOURI ?!
POURQUOI ?!
ATTENDEZ, ET VOTRE PIÈCE !
TU N'AURAS QU'À ME REMBOURSER LA PROCHAINE FOIS QU'ON SE VERRA !

VROUM
LA PROCHAINE FOIS QU'ON SE VERRA ?
JE NE VOIS PAS POURQUOI ON SE REVERRAIT
JE DÉTESTE LES ADULTES
J'AI SOUVENT DÛ COMPOSER AVEC EUX DEPUIS MON ENFANCE
AVEC LEURS REFUS
LEUR VIOLENCE
LEUR INDIFFÉ-RENCE
MON IMPUISSANCE

QUAND ON EST ENFANT, QUELLES QUE SOIENT LES CIRCONSTANCES...
ON NE PEUT QUE VIVRE EN DÉPENDANT DE QUELQU'UN
QUAND JE PLEURAIS À CHAUDES LARMES, MA SEULE OPTION...
ÉTAIT...
D'ATTENDRE QUE QUELQU'UN ME TROUVE
...
GY UD
FINALEMENT, JE VAIS RENTRER ET ME FAIRE CUIRE DU RIZ...
FRR
FRR
FRR

FRR
FRR
FRR
FRR
FRR
HOP
TAP
CRISH
VOILÀ NOTRE PETIT SINGE !
GLOUPS
AH !

ENFIN TE VOILÀ HARUNA !

QU'EST-CE QU...
TCHAC
PFF !
JE T'AI CHERCHÉ PARTOUT !
SI JE ME SOUVIENS BIEN TU M'AVAIS DIT...
FOUIT
QUE TU AVAIS UN PORTABLE, NON ?
FOUIT
J'AI FAIT LE TOUR DE TOUS LES ENDROITS OÙ TU ÉTAIS SUSCEPTIBLE D'ÊTRE
JE TE DIS PAS LA GALÈRE
JE ME DEMANDE COMMENT FAISAIENT LES GENS AVANT... TIENS, DE LA FUMÉE ?
TU SAIS QUOI, MAINTENANT, OÙ QUE TU AILLES, TU M'ENVERRAS UN SIGNAL DU MÊME GENRE
COMME ÇA AU MOINS JE SAURAI OÙ TU ES...
NORI ÉTAIT SANS DOUTE LOIN DE SE DOUTER...
ET JE FERAI UNE ENTRÉE AUSSI SIMIESQUE QUE TOUT À L'HEURE
À QUEL POINT...

SON SOURIRE...
ÉTAIT...
SALVATEUR POUR MOI
AH...
JE DOIS AVOIR UNE TÊTE À FAIRE PEUR !

PAS LA PEINE DE T'ESSUYER
TU ES TOUT SAUF SALE TU SAIS
ssH

AH !
ARRÊTE !
ON POURRAIT NOUS VOIR !
PERSONNE NE NOUS REGARDE !
MAIS SI, JE LE SENS PUISQUE JE DEVIENS ROUGE !
OUI, ET PLUTÔT DEUX FOIS QU'UNE...
JE TE LE DIS !
ET SI JE PASSAIS PAR LÀ, JE SERAIS LA PREMIÈRE À REGARDER !
ÇA VA, J'AI COMPRIS !
TU PEUX ÊTRE SÛRE QUE JE NE TENTERAI PAS QUOI CE SOIT AVANT LONGTEMPS DANS UNE RUE PASSANTE...
VU CE À QUOI J'AI DROIT
IL A L'AIR FURIEUX !
EUH... TU RENTRAIS CHEZ TOI LÀ ?
OUI, POURQUOI ?
SAEKA S'EST BLESSÉE AU LYCÉE AUJOURD'HUI ET ELLE EST ALLÉE SE FAIRE EXAMINER À L'HÔPITAL
ÇA A UN RAPPORT AVEC KYO
JE VOULAIS ALLER VOIR COMMENT ELLE ALLAIT

TU VEUX QUE JE T'ACCOM-PAGNE ?
NON, CE N'EST PAS LA PEINE... IL N'Y A RIEN QUE TU PUISSES FAIRE ET SAEKA SE SENTI-RAIT MAL À L'AISE
DIS...
LE MIEUX C'EST QUE JE PASSE CHEZ TOI...
EN RENTRANT
COMME ÇA...
NORI...
ON POURRA PASSER DU TEMPS ENSEMBLE !
AH, J'OUBLIAIS !
TIENS !

C'EST MON NUMÉRO DE PORTABLE ET MON ADRESSE MAIL
JE TE LES DONNE, ON NE SAIT JAMAIS !
FRR
À PLUS !
FAIS ATTENTION À NE PAS TE FAIRE MAL
(REPART DANS LES BUISSONS)
FRR
S'IL ÉTAIT POSSIBLE...
D'ARRÊTER LE TEMPS...
CET INSTANT AURAIT ÉTÉ PARFAIT

FRR
FRR
LE VOILÀ...
C'EST CELUI QUE MON PÈRE M'OBLIGEAIT À AVOIR SUR MOI
JE NE L'AVAIS JAMAIS ALLUMÉ UNE SEULE FOIS...
DEPUIS QUE J'ÉTAIS ICI

TAC
...
ÇA NE ME COÛTE RIEN DE LE RECHARGER
TAC
BATAM
NORI ?

SHHH
NE RESTE PAS LÀ, EN...
TOMONA !
DÉSOLÉE DE TE DÉCEVOIR
NON...
TON PÈRE T'A ENCORE FRAPPÉE ?

IL FAIT TOUJOURS ÇA QUAND JE DIS DES TRUCS QUI NE LUI PLAISENT PAS !
LA POLICE RISQUE DE L'ARRÊTER ET IL EST DANS UN ÉTAT PAS POSSIBLE !
EXCUSE-MOI, HARUNA !
TU VEUX BIEN... ME LAISSER DORMIR CHEZ TOI CETTE NUIT ?!
TOMONA
TON ONCLE N'EST TOUJOURS PAS RENTRÉ, N'EST-CE PAS ?!
JE TE PROMETS D'ÊTRE SAGE COMME UNE IMAGE !
ET JE TE PROMETS DE NE PAS ENTRER DANS TA CHAMBRE, DIS OUI !
TOMONA !

J'AI DIT
À NORI CE QUE
JE RESSENTAIS
POUR ELLE...
ET ON SORT ENSEMBLE MAINTENANT
CETTE FILLE NE RESSENT QUE DE LA PITIÉ POUR TOI !
C'EST SEULEMENT PAR PITIÉ
PEU IMPORTE

ÇA NE ME
GÊNE PAS
AH BON ?!

SI JAMAIS IL Y A QUOI QUE CE SOIT QUE JE PUISSE FAIRE CONCERNANT...
TOUT M'EST ÉGAL !
SI...
TU...
SI TU ME LAISSES TOMBER, ALORS TOUT M'EST ÉGAL !
OUI, TOUT !

TOMONA !
J'EN SUIS ARRIVÉE À UN POINT OÙ TOUT M'EST ÉGAL !
C'EST LA SEULE FAÇON QU'IL ME RESTE POUR T'AVOIR !
JE N'AI BESOIN DE RIEN D'AUTRE !
JE N'AI PLUS BESOIN DE RIEN !
TCHAC

...
TAP
TAP
TAP

JE SUIS CONTENTE QUE SAEKA AILLE BIEN
TAP
TAP
TAP
TAP
EXCUSE-MOI POUR TOUT À L'HEURE, HARUNA
ON ÉTAIT SI BIEN TOUS LES DEUX
TAP
TAP
À L'INFIRMERIE, J'AI PRIS UNE DÉCISION
TAP
QUOI QU'IL ARRIVE, JE TE CROIRAI TOI

TOMONA POURRA ME DIRE CE QU'ELLE VEUT, C'EST TOI QUE JE CROIRAI !
PFF
ALLEZ, J'Y VAIS !
HARUNA !
DING DONG !
HARUNA !
TIENS, IL N'EST PAS LÀ ?
SHHH
C'EST OUVERT POURTANT
SHHH
HARUNA !
TU DORS ?

BO BOM
HARUNA ?
À SUIVRE

• MERCI D'AVOIR ACHETÉ LE TOME 3 DE "WE ARE ALWAYS" !

• GRÂCE À VOTRE FIDÉLITÉ, VOILÀ MAINTENANT UN AN ET DEMI QUE LE MANGA EST PUBLIÉ EN FEUILLETON. MERCI BEAUCOUP !

• DANS LE MANGA, IL NE S'EST ENCORE ÉCOULÉ QUE SIX MOIS ENVIRON ET JE VAIS DONC CONTINUER À DESSINER POUR QUE L'AVENTURE CONTINUE.

• SI JAMAIS VOUS AVEZ DES IMPRESSIONS OU QUOI QUE CE SOIT, N'HÉSITEZ PAS À M'ENVOYER DES LETTRES OU DES EMAILS AUX ADRESSES QUE VOUS TROUVEREZ SUR LA DERNIÈRE PAGE. JE LES ATTENDS ! SUR CE, À BIENTÔT POUR LE TOME 4, J'ESPÈRE...

藤宮あゆ
FUJIMIYA AYU 200904

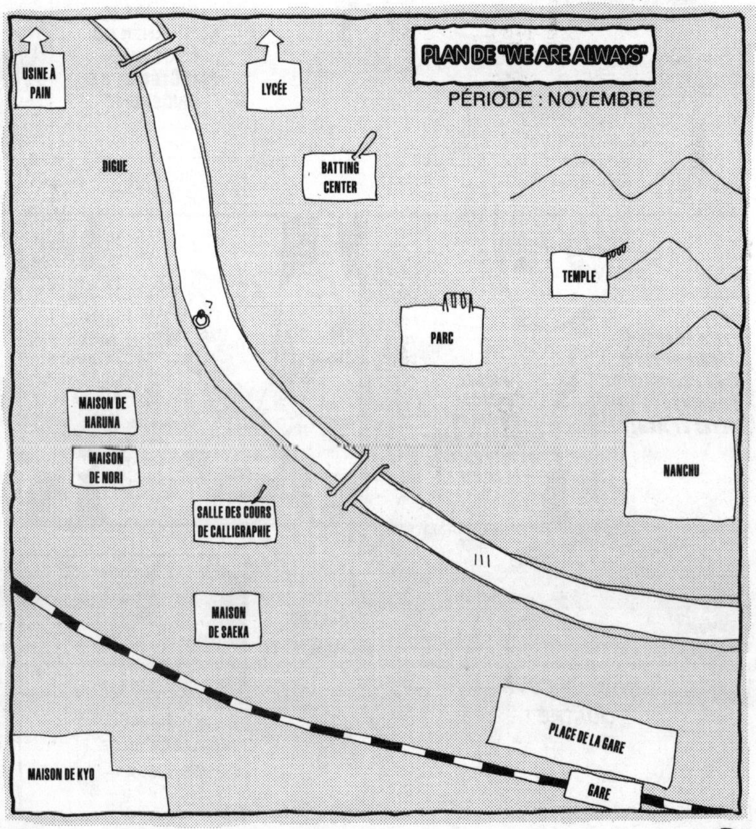

WE ARE ALWAYS 3

SUPPLÉMENT POUR FÊTER LA MISE EN VENTE DU MANGA

[1]NdE : Jeu de mots sur *We Are Always* intraduisible.

QUI ES-TU D'ABORD ?! TU N'ES PAS UNE VULGAIRE TORTUE ALORS ?!
LE FAIT QUE JE PARLE AURAIT DÉJÀ DÛ VOUS METTRE LA PUCE À L'OREILLE
EN TOUT CAS, TROUVER UN VŒU COMMUN NE VA PAS ÊTRE DE LA TARTE
C'EST CLAIR
BON, MOI JE VEUX MANGER DES SAUCISSES DE FRANCFORT SCULPTÉES EN FORME DE POULPES !
MINUTE, MINUTE, MINUTE PAPILLON !
OUBLIE ! OUBLIE CE QU'IL A DIT !
HEIN ?!
C'EST UN VŒU DE PETIT JEUNE ÇA ! IL EN FAUT UN QUI CONVIENNE À TOUT LE MONDE !
...
SI TU VEUX, JE TE PROMETS DE T'EN SCULPTER DES SAUCISSES APRÈS, OK ?!
YOUPI
PFIOU, IL ÉTAIT MOINS UNE
PFIOU
BON, À MOI DE PARLER
HEIN ?!
RÉALISE NOS VŒUX RESPECTIFS À TOUR DE RÔLE
C'EST UNE IDÉE GÉNIALE ! SACRÉE SAEKA !
LE TRUC, C'EST QUE DÈS QUE CE VŒU SERA RÉALISÉ, JE NE POURRAI EN RÉALISER D'AUTRE
NE FAIT RIEN ? HÉ HÉ HÉ
TU AS MAUVAIS CARACTÈRE EN TOUT CAS ! JE ME TROMPE ?!
PFF
JE VOIS... BON, OUBLIE CE QUE J'AI DIT

BON, RESTONS CALMES ! ON NE DOIT PAS RÉPONDRE PRÉCIPITAMMENT !
C'EST PLUTÔT TOI QUI DEVRAIS TE CALMER OUI !
FOUIT FOUIT
ET SI ON CONQUÉRAIT LE MONDE ?!
MOUAIS, JE SENS QU'ON VA S'ÉCLATER...
EUH...
DÉSOLÉE DE CASSER L'AMBIANCE MAIS SI C'EST POSSIBLE, VOTRE VŒU DOIT ÊTRE RÉALISABLE PAR UNE TORTUE !
ET C'EST QUOI AU JUSTE UN VŒU RÉALISABLE PAR UNE TORTUE ?!
KYO
HEIN ?!
ÇA VOUS EMBÊTE SI JE VOUS LAISSE LÀ ?
À PARTIR DE 17 HEURES, ILS FONT DES PROMOS AU SUPERMARCHÉ !
CES DERNIERS TEMPS...
TU NE PENSES VRAIMENT QU'À TA POMME TOI !
KYO
PFF, CALME-TOI, KYO, T'ÉNERVER NE SERT STRICTEMENT À RIEN ALORS METS-LA EN VEILLEUSE, TU VEUX !
TCHAC
BOM
NON, C'ÉTAIT À PARTIR DE 16 HEURES !
PROSPECTUS
ELLE A RAISON
L'HEURE TOURNE, IL NE VOUS RESTE PLUS QUE DIX SECONDES POUR ME FAIRE PART DE VOTRE VŒU
9
8
DIX SECONDES ?!
SATANÉE TORTUE !
7
QU...
6
QU'EST-CE QU'ON FAIT ?!
5
TU AS VRAIMENT UN CARACTÈRE DE COCHON, SATANÉE TORTUE !
J'AVAIS ENVIE DE CHOUX MOI !
4
3
EUH...
QU'ON SOIT TOUS AMIS !

GLOUPS
D'ACCORD, QUE VOTRE VOLONTÉ SOIT FAITE !
TADAM
LES TORTUES AUSSI PEUVENT FAIRE DES MIRACLES !
OOH !
IMPRESSIONNANT !
C'EST ALORS QUE LA TORTUE PARTIT
BYE BYE
AMIS, HEIN ?
ON NE L'EST PAS DÉJÀ ?!
ET QU'EST-CE QUE TU ENTENDAIS PAR "TOUS" ?!
JE SUIS SÛRE QU'EN NOUS RÉVEILLANT DEMAIN MATIN ON SERA PLUS PROCHES QUE JAMAIS !
NORI, C'EST UN PEU AMBIGU COMME PROPOS...
LE SOLEIL COUCHANT ÉTAIT MAGNIFIQUE
BAH, ON VERRA BIEN !
À DEMAIN, HARUNA !
AH ?
CHOUX

FIN

CHAPITRE SPÉCIAL NORI !

TOME 4 À PARAÎTRE

DE SON CÔTÉ, KYO RENCONTRE LE PROFESSEUR YANAIZU !
PROFESSEUR YANAIZU ?!
TAP
SAEKA ET CE DERNIER VONT-ILS ENFIN SE VOIR ?!
SAEKA...
C'EST MOI
ON PEUT SE VOIR DEMAIN ?
QUELS CHANGEMENTS VONT AFFECTER LES SENTIMENTS DE NOS QUATRE HÉROS ?!
WE ARE ALWAYS
BIENTOT EN VENTE !

We are always...

Bokura wa itsumo

Édition française : © 2011, Éditions Tonkam
6, cité Paradis – 75010 Paris
Site internet : www.editions-tonkam.fr
E-mail : ecrivez-nous@tonkam.com

Traduction et adaptation : Isabelle Eloy
Lettrage et maquette : Éditions Tonkam

1re édition française : juillet 2011

Achevé d'imprimer en France en juin 2011
sur les presses de CPI Aubin Imprimeur à Ligugé (Vienne)
Dépôt légal : juillet 2011

ISBN vol. original : 978-4-08-846404-6
ISBN : 978-2-7595-0635-4